# Die Läuterung

## Helmut Aigner

**Impressum:**
Bibliografische Information der Deutschen Nationalbibliothek.
Die Deutsche Nationalbibliothek verzeichnet diese Publikation
in der Deutschen Nationalbibliografie; detaillierte bibliografi-
sche Daten sind im Internet über http://dnb.d-nb.de abrufbar.
**Veröffentlicht bei Infinity Gaze Studios AB**
1. Auflage
Februar 2024

Infinity Gaze Studios AB
Södra Vägen 37
829 60 Gnarp
Schweden
www.infinitygaze.com

# Kapitel 1

Die Kutsche des Lordprotektors tauchte in den tiefen Schatten der Straße ein, dessen Wurf von einem großen Objekt am Himmel stammte. Die eingebrochene Nacht war lange nicht vorbei. Kalt schienen die Fronten stählerner Gebäude, die vom Mond angestrahlt wurden. Schmiedeeiserne Geländer begrenzten die Gehwege, die überwiegend leer blieben. Das Zischen einer dampfbetriebenen Eisenbahn war von Weitem zu vernehmen. Deren Güter versorgten das Zentrum der Stadt mit Lebensmitteln.

Schutzherr Aldwyn streckte seinen Hals weit aus dem Sichtfenster heraus, nachdem er die Scheibe nach unten gekurbelt hatte. Kalte Luft drang herein und vermengte sich mit einer Vielzahl schlechter Gerüche von innen: billiger Zigarrentabak, minderwertiger Alkohol und Schweiß rundeten das Gesamtbild ab.

Es gab weitaus angenehmere Plätze, an denen man sich zu dieser Stunde aufhalten könnte.

Der Blick des Mannes mit weißem Haar, gekämmtem Scheitel und fülligen Koteletten, ging weit nach oben. Trotz des verspannten Nackens und der großen Anstrengung war es ihm nicht möglich, die Umrisse der eisernen Faust vollends auszumachen. Denn die Schlachtenzitadelle, die weit über der Hauptstadt schwebte, besaß den Durchmesser einer kleinen Stadt. Eine massige Erscheinung, an deren Oberseite ständig offene Flammen den Rand beleuchteten und deren oft fehlende Eisennieten an den Plattenkanten mindestens einmal pro Woche durch einen Arbeiter geprüft und erneuert werden mussten. Andauernd fielen Haltebolzen von diesen großen, klobigen Flugschiffen herab und zerbarsten auf dem Asphalt, wenn nicht noch Schlimmeres getroffen wurde. Aber man gewöhnte sich an die Präsenz dieser Kriegswaffen, die den Schutz der Hauptstadt garantieren sollten. Oder vielmehr, die eigene Bevölkerung unter dauerhafter Furcht halten sollten.

Eine Zitadelle stand unter ständigem Zwang abzustürzen, das wusste der Lordprotektor, dem alle Pläne über die Geheimwaffen offenstanden, aber auch endlose Listen über Mängel und Probleme dergleichen. Die Energieversorgung war das größte davon. Es wurde Aldwyn wieder bewusst, als er das Flackern der Straßenbeleuchtung bemerkte. Der Kutscher, der ihn zu einem Treffen bringen sollte, knurrte aufgrund dieser Erschwerung seiner Arbeit.

„Wie soll ich Kunden durch eine Stadt bringen, wenn die Hälfte aller Stadtteile andauernd im Dunkeln liegt?"

Bevor der Mann im grün karierten Herrenmantel weiter mit sich selbst fluchte, gab Aldwyn Godrin, das ranghöchste Mitglied im Kronrat, einen Ausweg vor:

„Fahre in die Richtung der königlichen Kriegsschleuse, dort, wo die Schlachtenzitadellen andocken. Nimm dort die fünfte Hauptstraße, fahre geradeaus, bis ich dir sage, dass du abbiegen sollst."

Ein großer Kopf, auf dem ein schwarzer Zylinder saß, drehte sich zur geöffneten Luke. Der Blick des Kutschmanns richtete sich auf die Sitzbank im hinteren Bereich des Straßenfahrzeugs, dem Sitzplatz des einzigen Fahrgastes.

„Aber mein Herr, die Hauptstraße ist militärischer Bereich. Dort dürfen Bürger sich nicht aufhalten. Sie dienen dem Transport von Kriegsausstattung. Ich könnte ins Zuchthaus kommen, wenn ich sie befahre."

„Und weil sie dem einfachen Volk verwehrt bleibt, ist sie meistens leer und wird gut beleuchtet. Hier ist meine Plakette, fahre, halte nicht an, außer es zwingt dich jemand, dann verweist du auf mich. Verstanden?" Aldwyn zeigte sein dreieckiges Abzeichen. Der Edelsteinthron baute sich auf den Knochen seiner erschlagenen Opfer auf. Der Lordprotektor hatte für die martialische Symbolik nie etwas übriggehabt, aber das Abzeichen tat, was es sollte: Es vermittelte Respekt und sorgte dafür, dass aufmüpfige Bürger schwiegen und das taten, was er verlangte. Der Kutscher gab sich nun besonders viel Mühe, seinen Kunden zum Tower Maximor zu transportieren, dem höchsten Gebäude im Großreich und höchstwahrscheinlich dem größten von Menschenhand geschaffenen Turm überhaupt. Im Regierungsgebäude, das ebenso den Wohnsitz des Imperator Necromortis darstellte, stellte ein Besuch für wenige Menschen das höchste Ziel ihres Lebens dar, für das sie einen Werdegang voller Intrigen und Höchstleistungen oder eine Vermischung von beiden in Kauf nahmen. Eine Audienz bei dem Kaiser, der einmal im Jahr die

Gratulanten mit einem sternenförmigen Ehrenzeichen bedachte, war das höchste Maß an Anerkennung, das einem Bürger des Großreiches zuteilwerden konnte. Der Lordprotektor hatte mindestens siebzig dieser Auszeichnungen beigewohnt und er war durch die Jahrzehnte seines Dienstes, der Heuchelei und der altertümlichen Riten unendlich müde geworden.

„Pass auf, du Dummkopf, dass du keinen Militärtransporter rammst bei deinem aufdringlichen Fahrstil", schimpfte Aldwyn durch die halb geöffnete Luke, und der Fahrer entschuldigte sich einsichtig und demütig. Der Lordprotektor erinnerte sich selbst daran, bei seinen Zornausbrüchen die einfache Bevölkerung zu schonen. Wenn jemand in seinem Amt die Stimme erhob, dann glaubte das schlichte Gemüt, dem der Zorn galt, dass sich sein Hals bald auf dem Schafott befände.

„Ist schon gut, Kutscher. Ein Kurier hat mich aus dem Schlaf gerissen, mein Fahrer hat für heute frei bekommen. Im Regierungspalast sollte in diesen Wochen nur geringer Betrieb herrschen. Ich weiß selbst nicht, was mich dort erwartet, aber ich muss vom Schlimmsten ausgehen, sonst würde man mich nicht in tiefster Nacht herbestellen."

Der Fahrer brummte und setzte zu einer passenden Erwiderung an. Aldwyn hörte nur halb zu; es ging wohl darum, dass die Häupter an der Spitze die meiste Last an Verantwortung und Konsequenzen im Regierungsapparat zu tragen hätten, und das mochte auch stimmen, vor allem, wenn man es mit einem derart blutrünstigen Kaiser an der Spitze zu tun hatte, der im Alter nicht weiser und ruhiger geworden war, eher das Gegenteil war der Fall. Der Imperator hatte vor wenigen Wochen das stolze Alter von 376 Jahren erreicht. Er sah mindestens hundert Jahre älter aus, bekundeten die Kammerdiener. Schlafen täte der hohe Herr nur noch einige Minuten pro Nacht, was für eine verdrießliche Grundstimmung am Tag sorgte. Dazu gesellten sich viele altersbedingte Krankheiten, die selbst die hohe Kunst der Nekromantie nicht alle auf einmal behandeln konnte. Und der Lordprotektor hatte seinen schlechtgelaunten Herrscher bereits zwei Male zu später Stunde besucht, um die Liste an Todesurteilen ranghoher Beamter im innersten Zirkel der Regierung zu unterzeichnen. Er hoffte, dass beim dritten Besuch nicht sein Name auf einem Dokument verzeichnet war.

Während der Kutscher weiter eine beschwichtigende Rede hielt, holte der Lordprotektor die Karte aus einer Tasche auf der Brust seiner Weste hervor. Auf dickem Papier, das nach Verrat und höfischem Irrsinn stank, stand eine kurze Bemerkung geschrieben: „Kommt umgehend zum Regierungspalast. Ein Diener erwartet Euch, es betrifft den Kaiser selbst. Beeilt Euch." Unterzeichnet war das Schriftstück vom Kammermeister Hrodwic, dem Mann, der die inoffiziell höchste Stelle gleich unter dem Kaiser im Staat innehatte, denn er pflegte einen außerordentlich engen Kontakt zum Herrscher, kannte seine gesamte Vergangenheit und sämtliche seiner schmutzigen Geheimnisse. Wenn der Kammerherr nachts nach dem Lordprotektor verlangte, dann folgte man, selbst mit zwei gebrochenen Beinen, dieser Bitte.

Auf der ruhigen fünften Hauptstraße bemerkten Kutscher und Fahrgast ein leichtes Flackern der roten Straßenlichter. Selbst an den Knotenpunkten der Hauptstadt gab es nunmehr ein Energieproblem, das sich nicht verheimlichen ließ. Und wie nicht anders zu erwarten, sprach der Kutscher es auch zugleich an, da er glaubte, nun einen engeren Kontakt zu einem Amtsdiener zu pflegen: „Man hört ja von den Ausfällen ganzer Städte. Zuerst begann es in den frühesten Morgenstunden, dann blieb der Saft die gesamte Nacht über aus. Die Zeitungen leugnen es und behaupten, die Ausfälle wären nur eine Spinnerei nervöser Pessimisten, aber man sieht es doch sogar hier!"

„Ja, ich kann es nicht leugnen, Kutscher, wir haben einige Engpässe zu beklagen", gab der Lordprotektor mit gestelltem Mitgefühl plaudernd von sich. „Stimmen denn die Gerüchte über die Probleme rund um den Mortusflux?" Solche direkten und vor allem pikanten Fragen war der Lordprotektor nicht gewohnt. Wenn es Gespräche mit dem einfachen Volk gab, dann wagten die Bürger des Radajur-Großreiches nicht, existentielle Auskünfte zu stellen. Aldwyn genoss es aber, ein offenes Gespräch mit jemandem zu führen, der nicht Mitglied im Kronrat war und auch sonst nichts mit diesen Leuten zu tun hatte. Er wurde deswegen unvorsichtiger bei seinen Aussagen.

„Was habt ihr gehört, Bürger?"

„Na ja, sie haben vor kurzem meinen Schwiegervater abgeholt. Er soll den Namen der goldenen Mutter geschmäht haben, und man munkelt eine Menge innerhalb der Kutscherfahrervereinigung…"

„Was hört ihr für Dinge, schlimme Geschichten?", fragte der Lordprotektor nun mit voller Aufmerksamkeit.

„Es sind ja nicht nur die Legenden oder das, was die Müllsammler für schreckliche Dinge erzählen. Man sieht es ja auch, die Straßen, sie sind so leer geworden, es fehlen so viele Menschen wie mein inhaftierter Verwandter. Jeder aus den Familien aus Drundeas Anstieg kennt mindestens ein oder zwei Fälle von…"

„…Verschleppten, meint ihr dieses Wort?"

Der Kutscher fuhr kurzzeitig betroffen, stumm geradeaus, an einer der breiten Straßen, ohne Gehwege, ohne Verkehr. Der Mann war hin und hergerissen. Er wollte Dinge erfahren und wollte es gleichzeitig nicht, aber der Lordprotektor half gerne weiter, denn der Kutscher war in seinen Augen absolut unwichtig. Sollte er alles an Staatsgeheimnissen erfahren und diese abends an seine Frau im Ehebett weitergeben, nichts würde sich deswegen verändern. Nichts von Gewicht würde dieser kleine Narr bewegen.

„Ach ja, der Segen der Tech-Priesterschaft, der Mortusflux, die Nekromantie, sie verhilft uns dazu, unsere Städte zu erhellen und unsere Schlachtenzitadellen am Himmel zu halten. Er hilft auch den Sprungmeistern, die Energie zu gewinnen, um Risse im Raumgefüge zu erhalten. Aber diese Kraft ist nicht umsonst."

Der Kutscher brummte bejahend, während der Lordprotektor seinen Monolog fortführte.

„Als die Nekromanten der Priesterschaft feststellten, dass man Seelen in einem toten Körper gefangen halten könnte, mittels Seelenanker, einer Leiche und einem Bleibehälter eine Batterie erschaffen konnte, haben wir ein neues Zeitalter erschaffen. Aber nichts erlangt man ohne Gegenleistung im Universum, und der Segen hat sich mittlerweile in einem Fluch verwandelt."

Erst jetzt wurde der Kutscher stutzig und wandte sich mit gerunzelter Stirn zu seinem Fahrgast um.

„Wie meint Ihr das?"

„Kurz gesagt, ihr habt mit all den Gerüchten der Müll- und Transportfahrer recht. Die Hüllengefäße halten nur einige Jahrzehnte, und in unserer modernen Welt ist die Nachfrage nach ihnen enorm geworden. Wir haben zuerst alle frischen Leichen von den Friedhöfen und Leichenhallen verwertet. Als die leer waren, also saftlos, haben wir die zu Tode Verurteilten zweckentfremdet. Als die Todeszellen leer waren, haben wir die Strafen verschärft. Als auch

das nichts half, haben wir neue Verbrechen er-
funden, um an brauchbare Körper zu kommen.
Also ja, der Eindruck trügt nicht, die Straßen
sind wirklich leer, und wir können unsere Gemeinschaft kaum weiter dezimieren. So wie es
aussieht, bleiben uns noch ein paar Jahre, bis
alles zusammenbricht, und Drundeas Anstieg
in Dunkelheit versinkt und der Rest aller Län-
der wird bald folgen."

Nach dieser Aussage musste der karotra-
gende Kutscher mit abgehärteter Miene und
trübem Verstand schwer schlucken. Sicher gab
es solche Gerüchte, aber diese dann absolut
von einem Regierungsbeamten bestätigt zu bekommen, war etwas vollkommen anderes.

„Oh, ihr habt jetzt sicher Angst bekommen,
aber guter Mann, wir durchpflügen mit unse-
ren Zitadellen den Himmel der äußersten Provinzen. Einige Jahre bleiben uns ganz sicher,
um Randprovinzler zu fangen und diese in
Batterien zu verwandeln…"

Plötzlich streckte Aldwyn den Arm zu einem Punkt vor seinem Fenster aus. „Ihr könnt
mich gleich hier absetzen, dort vor der Sicher-
heitsschleuse des Towers. Macht euch keine
Gedanken, die Welt wird schon nicht unterge-
hen, und falls doch, wird es schnell gehen."

Auf diese zynische Aussage folgte ein passendes Gelächter von Aldwyn, mit dem er aussagen wollte, dass nichts Schlechtes in der Welt dazu in der Lage wäre, ihm noch einen Schrecken einzujagen. Es hatte sich so gut angefühlt, wenigstens einmal die Wahrheit zu sagen, auf Gegenliebe oder Verständnis stieß der Lordprotektor aber nicht.

An einem sauber gekehrten Streifen der Fahrbahn hielt der Kutscher. Das Gesicht des Mannes war kreidebleich geworden, als hätte er gerade sein eigenes Todesurteil in einem Couvert zugesteckt bekommen und das Henkersmahl aufgefuttert. Doch der Lordprotektor kümmerte sich noch um alle Formalitäten. Er bezahlte mit einem ganzen Hunderter und lotste einen Wachmann herbei, der dem Kutscher als Kohorte von der Hauptstraße begleiten sollte. Auch dieser Wachmann verfügte über ein kaiserliches Siegel, das Tore öffnete und Münder verschloss.

Man verabschiedete sich. Der Lordprotektor klopfte den Kutscher noch auf die Schulter. Es musste sich hart anfühlen, wenn man wusste, welches üble Schicksal der Welt drohte, doch im Grunde genommen war auch das Herrn Godrin vollkommen egal.

Vor dem Turm erwartete ihn kein Diener, sondern hoher Besuch. Es war Sitte, als Beamter des hohen Turms sein Haupthaar lang wachsen zu lassen, und der Mann, der seinen Gegner im Kronrat in einem altmodischen Tweedmantel empfing, litt unter den Auswirkungen von kreisrundem Haarausfall, der vom Nacken bis zur Stirn reichte und ihn dennoch nicht davon abhielt, das übrige Haar lang über Schulter und Rücken wachsen zu lassen. Der Lordprotektor hatte immer angenommen, dass der Kammerherr deswegen wie ein absoluter Vollidiot aussah, und es ihm auch in einem Vieraugengespräch genauso zugetragen. Hrodwic Farenbaum hatte diese Beleidigung mit einem Lächeln weggewischt. Es hatten schlimmere Menschen bösere Dinge über ihn behauptet, und mit Beleidigungen geizte man im Kronrat nicht.

„Mhm, hat sich euer Diener etwa freigenommen? Also, was hat sich zugetragen? Ich hoffe nicht, dass das ein böser Scherz ist!"

Hrodwic ertrank fast in Arroganz und Selbstgefälligkeit, noch bevor er den Mund öffnete. Er versicherte, dass der Diener, der abgestellt war, den Lordprotektor zu empfangen, sich gleich am nächsten Morgen einen neuen Job suchen könne. Auf die andere Frage ging er nicht ein. Er meinte zu dieser Angelegenheit schlicht: „Kommt mit, seht es mit eigenen Augen."

„Spannt mich nicht zu lange auf die Folter. Zuhause wartet ein Kamin und eine geöffnete Flasche Wein."

Wenn Aldwyn es richtig erkannt hatte, dann war für kurze Zeit Anteilnahme in den Augen von Hrodwic aufgeblitzt. Falls dies richtig war, dann verriet die Stimme des Kammerherrn eine bisher unbekannte Art von Mitgefühl. Etwas Schlimmes musste sich zugetragen haben.

Beide Herren aus dem Kronrat verzichteten auf Diener und auf unfreiwillige Zeugen. Sie passierten den Eingangsbereich des Regierungsgebäudes des größten Reiches der Welt, darüber hinaus auch das bestbewachte Gebäude dessen. Ein riesiges Relief an der Wand zeigte die in Edelmetallen gegossenen Erdteile, die man in den letzten Jahrhunderten erobert hatte. Nur am äußersten Rand des großen Kontinents zeigten sich einzelne blasse Außenbereiche, wie Goroms Einöde, eine große Wüste, in der sich die Feinde des Radajur-Großreiches zurückgezogen hatten und wo sie wahrscheinlich an Hitze und Wassermangel bereits verendet waren. Dort, wo die offiziellen Grenzen dieses Imperium Necrum endeten – so lautete die Meinung der meisten, die eine verlautbare Stimme besaßen –, endete ebenso die Zivilisation selbst.

Unbeeindruckt gingen die Ratsherren an dem Prunk aus schwarzem Marmor, eingelassenen Edelsteinen und rotem Mondsilber vorbei. Vor allem Aldwyn gähnte häufig auf dem Weg zum Fahrstuhl aus verziertem Gusseisen, der leider nicht durch die Kraft einer Hüllenbatterie, sondern durch die einer Dampfmaschine angetrieben wurde und deswegen ungemütlich vor sich herschaukelte. Dergleichen altertümliche Einrichtungen gab es immer noch überall in den Provinzen und Städten, doch sie wichen immer mehr der gebündelten Macht der Nekromantie.

„Wie lautet unser Ziel?“, fragte der Lordprotektor vorsichtig.

„Natürlich Seine Ebene, oder glaubt Ihr, wir beide trinken gemeinsam einen Tee?“

# Kapitel 2

Über dem Geschoss, welches das Amt für Körperbeschaffung beherbergte und im gesamten Großreich verrufen war, auf der 14. Ebene, öffnete sich der Fahrstuhl wieder. Prachtvoll hätten einige diese Etage genannt, denn hier residierte der Imperator Necromortis Pharademus der Erste, das Dreigestirn. Der hohe Tower war nicht einfach ein aufrechter Quader; eine solche Bauweise wäre viel zu unspektakulär für die Erbauer gewesen. Stattdessen handelte es sich um ein vielschichtiges und vielkantiges Bauwerk, das zwar ein quadratisches Fundament beherbergte, darum eine kreisrunde Mauer aus neuartigem Beton führte, darüber jedoch splittete sich das Gebäude in verschiedene Formen und Ausbuchtungen auf. Gewissermaßen verfügte der Tower über etliche Arme, die in alle Richtungen wucherten und nur dank eines stabilen Eisenkorsetts hielt diese wahnwitzige Konstruktion bis zur heutigen Nacht.

Die Ebene für den Imperator, mit seinem Thronsaal, besaß vier Anbauten, die in Türme mündeten, die nur von diesem Stockwerk aus begehbar waren. Sie alle besaßen ihren eigenen Zweck: Museum, Totenschrein der Ahnen, Wohnturm und Geheimbibliothek. Eigentlich war dieser Bereich zu jeder Zeit überflutet von Wachen, die nekrotische Schusswaffen trugen, die ihr Opfer nicht sofort töteten, sondern ihre Körper einen Hauch von Leben bewahrten, um diese bei Bedarf weiterverwerten zu können – die Hauptressource des Großreiches stellten schließlich Körper dar. Aber von diesen Kriegern, abgestellt von der Tech-Priesterschaft, fehlte jede Spur.

„Ich habe sie alle weggeschickt. Den Diener, der ihn fand, habe ich in sein Zimmer im Tower unter Bewachung gestellt. Keiner soll zu früh verbreiten, was geschehen ist. Wir müssen die Kontrolle behalten." Der Kammerherr hatte scheinbar die Gedanken des Schutzherrn des Reiches erraten.

Schweigsam gingen sie die leeren, in Dunkelheit liegenden Gänge entlang, jeder Meter war verziert von schwarzem Eisen, Figuren und Ornamenten, jedoch wiederholte sich die Bedeutung der Zierde allzu häufig; die Lesart blieb plump. Die Radajur hatten einst ihre Stadtstaaten auf dem heutigen Gebiet des Großreiches erbaut. Vor Jahrtausenden, so erzählte man es sich, war die Menschheit gerade aus den Höhlen gekrochen, und die Radajur nahmen sich ihrer an, lehrten den Primitivlingen die Seefahrt, die Kartographie, aber auch die Macht über die Sprungrisse, mit denen sich große Vehikel über lange Wegstrecken binnen kurzer Augenblicke bewegen ließen. Als die Ahnen ihre Studien der Radajur beendet hatten und das alte Wissen über Magie und Wissenschaft vollends aufgezogen hatten, verjagten sie das gutgläubige Volk der Lehrer dorthin, wo die Menschen einst hergekommen waren – in die einstigen Urwälder, abgelegene Einöden, Ruinenstätten und die besagten Kavernen.

Von der Größe der Lehrmeister blieb schließlich nur der Name Bestandteil des heutigen Imperium Necrum und Anekdoten in den Geschichtsbüchern übrig. Genau diese Entwicklung sah man in Reliefs aus schwarzem Eisen; der Thron des Necromortis war bildlich auf den Knochen der Radajur errichtet worden. An Statuen wurde diesem friedvollen

Volk das Joch angelegt, bevor man sie aus den Zentralstädten des Großreiches verbannte.

Die Mitglieder des Kronrates hatten die Zweiflügeltür zum Thronsaal erreicht. Sie war verschlossen, auf ihr waren in eindrücklichen Bildern der Gründungsmythos der Wellshati eingegossen worden, der ersten Hochkaiser der neueren Geschichte, die mit Gewalt die Errungenschaften und das Erbe der Radajur vom Angesicht der Erde tilgten, damit nur noch die Geschichte der Menschen erhalten bliebe. Gerade in diesem Moment wollte Aldwyn etwas Schlichtes unternehmen – ihm verlangte es anzuklopfen –, doch alleine der Gedanke war schlicht töricht und selbstmörderisch. Würde sich der Imperator im Innenbereich aufhalten, wäre es unter aller Würde für den Befreier der Menschheit, wie einer seiner Titel lautete, auf ein Pochen an seiner Pforte zu reagieren. Aldwyn zögerte; sein fahriger Blick suchte das Gesicht des Kammerherrn ab und beobachtete jede Regung.

„Gut, dass Ihr zögert. Große Männer und Frauen vor Euch sind schon für weit weniger hingerichtet worden. Aber seid unbesorgt, wir können ohne Gefahr eintreten.“

„Seine Majestät hat seit Jahren keine Besuche
geduldet. Ich weiß nicht, was mich dort erwartet", erklärte sich der Lordprotektor, der eigentliche Herrscher des Großreiches, der in
Vertretung seines Herrn handelte. Hrodwic erinnerte ihn daran, dass er seine Steifheit ablegen könne, und öffnete die unverschlossene
Pforte.

„Darf ich vorstellen: Seine Hoheit, Imperator
Necromortis Pharademus!"

Aldwyn glaubte an einen bösen Scherz, als
er den ansonsten abgeschotteten Bereich des
höchsten Würdenträgers im Radajur-Großreich betrat. Die große Kammer, die seit Jahren
von keinem Amtsträger des Kronrats oder
sonst einem Beamten besucht wurde, glich einer verschwenderisch großen und ebenso verschmutzten Bettlerunterkunft. Die prachtvollen Möbel waren zum Großteil ausgeräumt
worden, bis auf einen letzten, dem Arbeitstisch
des Imperators selbst. Der Edelsteinthron, der
auf Ehrenmedaillen und Ziertellern und allerlei Plunder abgebildet worden war, hatte der
Herrscher selbst mit einer weichen Decke verhangen. Die leuchtenden Steine blitzten durch
das grobe Textil, denn der Herrscher selbst saß
noch auf seinem Sitz, verdorrt, hager mit einer
schütteren Frisur, einem Scheitel, der kaum

noch seinen Namen verdiente, und ansonsten Stoppeln über den Ohren und der Stirn hätte man den Herrscher auf der Straße abgeladen, so hätten die meisten Passanten ihn für einen verhungerten Obdachlosen gehalten, verwahrlost und am Ende seiner Lebenszeit angekommen, grausam von der Zeit gezeichnet. Aldwyn, der das Hofprotokoll stets bedachte, konnte seine Bestürzung nicht mehr verbergen. In der Brust des Imperator Necromortis steckte ein Seelenanker, einer der strahlenden Kristalle, die, wenn sie in einem Herzen gestochen worden waren, die Seele im Körper hielten und damit ein wenig an Lebenskraft über Jahrzehnte in den ausgetrockneten Körpern bewahrten. Aber Aldwyns Blick schweifte weiter durch den Raum.

Der Kaiser hatte sich die letzten Jahre vom Hof, von der Etikette, den Mätressen oder jeder anderen Person abgekapselt und nur noch mit seinen Studien beschäftigt, den vergangenen Jahrhunderten des allmächtigen Großreiches der Radajur und den Vorfahren der Menschen selbst. Welchen genauen Zweck der Herrscher verfolgt hatte, blieb so geheim wie sein Tagesablauf selbst. Nur der Kammerherr hatte vollen Zugang zu seinen Gemächern und dem Thronsaal bis zuletzt besessen.

Die Berge an Müll, Essenabfällen, Papyri und Leuchttexten hätten ihm auffallen müssen. Zwischen den Bergen an abgetragener Kleidung und weggeworfenem befanden sich aber auch Kostbarkeiten, aus denen der letzte Kaiser der Wellshati scheinbar keinen Nutzen gezogen hatte: Tributzahlungen aus den unterwürfigen Provinzen, teure Geschenke wie gylvanische Gewürze in Seidensäckchen, die man nur einmal alle hundert Jahre ernten konnte und die nun von den Schaben verzehrt worden waren. Dazu erspähte der Betrachter goldene Pokale und noch verpackte Kleinode. Pharademus hatte zu Lebzeiten nicht viel von überschwänglichem Luxus gehalten, aber das hier, Abfall nebst Geschmeide, war eine Schande für das Reich und den Titel des Kaisers selbst.

„Wie konntet Ihr nur zulassen, dass er so verwahrloste?", fragte Aldwyn anklagend seinen Amtskollegen, Gesicht vor Gesicht. Etwas an Schuld lastete in Hrodwics Blick, aber der Mann verlor keine Zeit, um sich zu erklären: „Von Jahr zu Jahr wurde es immer schwieriger, überhaupt Kontakt zu ihm herzustellen. Einmal am Tag brachte der einzige Diener, den er zuließ, das Essen, ein Gericht, das er manchmal nur zur Hälfte verzehrte. Mit viel Mühe brachten wir ihn dazu, ein Bad einzunehmen. Nur für das und andere unvermeidliche Tätigkeiten verließ er den Raum. Er war stets gezeichnet von Paranoia, wahrscheinlich sogar bis zu seinem letzten Atemzug. Ich brachte ihm zweimal in der Woche die Korrespondenz zusammen mit den Bitten und Beschwerden der Staatsdiener, die sich nicht vermeiden ließen, und einmal im Monat die üblichen Zeitungen und Berichte, damit er nicht restlos die Verbindung zur Außenwelt verlor. Aber ansonsten hat er sich nur noch mit den Schriften des Archivs beschäftigt."

Der Lordprotektor begann durch den Raum zu schlendern. „Das sehe ich. Hier sind Texte, die fast so alt wie das Imperium Necrum selbst sind. War er auf der Suche nach etwas Bestimmtem? Was habt Ihr ihm ausgehändigt?" Während Aldwyn zum Schreibtisch lief, antwortete der Kontaktmann des Kaisers reflexartig: „Ihm verlangte es nach den Chroniken der früheren Herrscher, nach Weissagungen, Aufzeichnungen über die Gestirne, Unwetter oder andere besondere Daten."

„Warum habt Ihr den Seelenanker nicht entfernt? Es ist eine Demütigung sondergleichen für einen Kaiser."

"Ich wollte, dass Ihr ihn so vorfindet, wie ich ihn gefunden habe. Den Kristall können wir gleich zusammen entfernen, damit seine Seele Frieden findet." Aldwyn wollte diese Handlung nicht weiter vertagen, aber mehrere Dinge auf dem Schreibtisch erweckten seine Neugierde. Das Thronsiegel war benutzt worden; eine angebrochene Schatulle mit Siegelwachs lag noch auf dem Tisch, daneben ein Buch. Ein schwerer Schmöker, dessen Inhalt noch mit kleinen Lettern aus einem Federkiel vollgeschrieben worden war. Das Mitglied des Kronrates schlug das Buch dort auf, wo sichtbar Seiten fehlten, und las eine analytisch verfasste Passage einer Seite davor.

"38. Jahr der Herrschaft von Kaiser Antorus, die Priesterkaste wählte als ständigen Berater den Seher Aulurs. Diese Besetzung soll dazu beitragen, dass mögliche Krisen schnellstmöglich überwunden werden und das Imperium Necrum weiterwachsen kann. 39. Jahr der Herrschaft von Kaiser Antorus, der Seher Aulurs wird bis an sein Lebensende verbannt, da seine Äußerungen…" Ein oder zwei Blätter fehlten. Weiter hinten im Buch hatte entweder der Kaiser selbst oder jemand anderes ein Symbol mit einem Bleistift über die Vermerke seiner Vorgänger gemalt, etwas, das den Lordprotektor mehr Angst einjagte als der plötzliche Tod eines überalterten Mannes, der nur durch die jährlichen Behandlungen und nekromantische Eingriffe weiter am Leben geblieben war. Es war das Zeichen der geschlossenen Augen.

"Er hat bis zuletzt sich vor einem Putsch gefürchtet, das stimmt doch?" fragte Aldwyn den Kammerherrn, der jedoch nicht antwortete. "Was habt Ihr entdeckt? Ich habe nichts an seinem Tisch berührt." Aldwyn senkte immer noch das Haupt über den verwaisten Arbeitsplatz eines Mannes, der nie den Sinn für Ordnung entdeckt hatte, da es immer genug Diener in seinem Leben gegeben hatte, die ihm darin unterstützten. "Das ist es ja, ich habe etwas nicht gefunden. Steht Ihr in Kontakt mit seinem Diener?"

"Beornric? Ja, ich zahlte ihm ein gehöriges Schweigegeld. Er wird sich bis auf Weiteres in seiner Kammer aufhalten, wieso?" Aldwyn überlegte sich genau die folgende Antwort und wie er vom eigentlichen Thema ablenken konnte. "Ich muss mit ihm über den Kaiser sprechen, ich will seine letzten Gedanken erfahren." Hrodwic lächelte, es sah alles andere als fröhlich aus. "Die waren äußerst wirr. Er erzählte andauernd etwas über fremde Welten… So viele Welten…", sprach er und blickte mich nicht einmal an, als er stammelte. Er hat sich nur selten von dem Wahn seiner Arbeit gelöst." Aldwyn überlegte sich die nächsten Schritte, als er sich gemeinsam mit seinem Amtskollegen den Thron zuwandte und wieder überrascht wurde, zum zweiten Mal in dieser Nacht.

"Ich bin nicht dumm, Aldwyn. Ich habe das Buch auch durchgeblättert. Seiten fehlen, das ist mir egal. Das könnt Ihr mit seinem Kammerdiener klären, wenn Euch die staubtrockenen Textpassagen so interessieren sollten. Aber das Zeichen des Auges, das dieser Tattergreis mit seinen zittrigen Fingern in ein unbezahlbar teures Buch gemalt hat, das beunruhigt mich vor allem in Zusammenhang mit diesem Anblick auf dem Thron dort."

Der Kammerherr blickte auf den Leichnam. Der Kristall in seiner Brust glühte auf wie ein externer Pulsschlag, wie ein glühendes Ersatzherz, und in gewisser Weise war der Seelenanker auch das. Das Glühen wurde von den beleuchteten Edelsteinen noch verstärkt, deren Licht erst erlosch, wenn der Körper des Toten von seinem Sitz entfernt wurde.

"Die Läuterer, wir dachten, wir hätten sie alle mit ihrer Meisterin umgebracht. Wir beide erinnern uns noch gut an ihre Taten, nicht wahr?" fragte der Kammerherr hämisch die andere lebende Person im Raum.

"Sicher, der Kronrat in seiner Gänze erinnert sich an ihre Taten, die Mordanschläge und ihr Zeichen, das sie hinterlassen haben. Sie waren ein Todeskult, schlimmer als jede nekrotische Neigung der Tech-Priester, da sie nur an das Ende glaubten und darauf hinarbeiten wollten, den Untergang allem. Aber ich denke, wir haben sie alle umgebracht, bis auf den Letzten."

Hrodwic kratzte sich fragend am Kinn. "Mhm, vielleicht ja nicht. Ich meine, dieser Mord ist offensichtlich und er trifft uns hart," meinte der Minister, der für das Wohl des Regenten zuständig war, grübelnd.

"Unsinn, wir werden einen neuen Kaiser wählen. Der alte Knochen hat ja keinen lebenden Erben vorzuweisen. Das wird von Vorteil für uns sein. Das Zeichen, das ich gesehen habe, ist von einem paranoiden Greis gemalt worden."

"Aber er ist ermordet worden," sprach Hrodwic als Antwort aus, was offensichtlich war, bevor er seine Erklärung ergänzte: "Und es war nicht der Diener. Ich habe ihn mit der Hilfe der

Priester verhört. Er hat mir alles geschildert, bis auf die letzten Minuten seiner Arbeit, und das war nicht viel. Er hat den Kaiser das Essen zu Tisch gebracht. Den leeren Teller seht Ihr noch darauf stehen. Aber das meine ich nicht mit hart treffen," murmelte Hrodwic mit bedrücktem Mienenspiel.

"Rückt mit der Sprache heraus." Das ließ sich das Mitglied im höchsten Rat des Imperium Necrum nicht ein weiteres Mal sagen. "Der Kaiser darf nach dem Gesetz nicht ermordet worden sein, sonst sind wir alle tot. Der gesamte Rat wird hingerichtet, die Familien werden in Sippenhaft gesteckt, so lautet der Erlass und es wird keine Ausnahmen gewährt."

"Mir persönlich ist egal, wer ihn getötet hat. Ich werde aber keine Untersuchungen wegen einer Krakelei auf Papier in die Wege leiten. Wir müssen noch heute Nacht einen Ausweg finden, zum Wohle aller Beteiligten."

Aldwyn fragte nach, ob der Kaiser ein Testament in Aufbewahrung gegeben hatte, und tatsächlich war das der Fall. Zu zweit wurde entschieden, dass diese letzte Bestimmung in einer Woche vor dem versammelten Hofrat vorgelesen werden sollte. Dann schilderte Aldwyn sein Vorhaben. Es war so einfach. In den vielen Jahrzehnten seiner mühevollen Arbeit musste Godrin sich immer wieder unter Zeitdruck beweisen. Pläne wurden am besten heiß geschmiedet, so sagten es die Bürger des Großreichs passenderweise. Und als der Schutzherr der radajurischen Bürger seine Idee vermittelte, nickte Hrodwic Farenbaum eifrig und schwieg, er hatte sein Einverständnis damit erteilt. Ab hier an mussten sie als eingespielte Gruppe zusammenarbeiten, denn die Aufgabe war keine leichte.

Zuerst zogen sie den leuchtenden Fremdkörper aus der Brust des toten Kaisers heraus. Der Anker erlosch, als die Verbindung zu Körper und Geist des Betroffenen verloren ging. Der Halbtote gab einen letzten Todesseufzer von sich, die Starre setzte ein. Aber Aldwyn wollte keine Gebete für den Verstorbenen abhalten; solche Dinge mussten warten, bis die schmutzige Arbeit getan war.

Sie nahmen einen langen Mantel aus dem Bestand kaiserlicher Zeremonienkleidung, die immer frisch auf einem Ziersofa lag und dennoch nur selten benutzt worden war. Der Lordprotektor wickelte die knochige Gestalt in eine Schlinge überlanger Ärmel ein und zog so fest an dem Saum, dass der Leichnam vom Thron rutschte. Ein Schlitten war geschaffen. Mit vereinter Kraft zogen die beiden alten Männer des

Rates den Toten über den weichen Teppich, der überall auf der Ebene ausgelegt den Marsch erleichterte.

Ihr Weg war lang, denn sie mussten die gesamte Strecke bis zum südöstlichen Bestattungsturm überwinden. Während ihrer Mühsal achteten sie erpicht darauf, von keiner kaiserlichen Ehrenwache oder einem fehlgeleiteten Diener ertappt zu werden. Aber sie hatten Glück; bisher hielten sich alle an die Anweisungen des Kammerherrn, und dem oft mürrischen Kaiser wollte niemand ohne triftigen Grund über die Füße laufen, auch wenn dieser in den letzten Jahren kaum seine Gemächer verlassen hatte. Der Kaiser hatte mit Todesurteilen aufgrund von nichtigen Fehlern nicht gegeizt.

Die innere Verkleidung des Turms war mit rotem Mondsilber ausgekleidet. Stufen, Wände und die Altäre, einer für jeden verstorbenen Kaiser, bestanden aus diesem sündhaft teuren Material, das vom Himmel gefallen war. Leider mussten die beiden Verschwörer viele polierte Stufen aufwärts nehmen, bis sie zu einem freien Bleisarkophag kamen, den man bereits nach der Vollendung des hundertsten Lebensjahrs des letzten Imperators fertiggestellt hatte, ganz so wie es die Tradition verlangte.

Aldwyn ignorierte in Gänze den prunkvoll ausgearbeiteten Sarg, in dem Lebensabschnitte des verstorbenen Herrschers als Reliefarbeiten angebracht waren. Er wischte sich den Schweiß von der Stirn und drückte den Rücken durch. „Los, lass uns den zähen Knochen zu Grabe tragen", fluchte Hrodwic, der nun zu schnaufen angefangen hatte. Zu zweit warfen sie die menschlichen Überreste wie einen großen Sack Kartoffeln in den offenen Schlund. Der Deckel befand sich in Griffweite, aber sie waren mit ihrem Werk noch lange nicht zu Ende.

In einem Wartungsschacht fand Aldwyn ein passendes Hilfsmittel, das eigentlich für die Wasserrohre und andere Anlagen gebraucht wurde, nämlich ein Schweißgerät. Es war üblich, den Sarkophag zu versiegeln, aber eigentlich musste ein Priester anwesend sein und der Körper musste einbalsamiert werden. Als Hrodwic seinen Komplizen auf diesen Umstand hinwies, musste dieser lautstark anfangen zu lachen, was in einem Hustenanfall endete. Das krächzende Geräusch klang danach, als würde man einen widerspenstigen Gegenstand mit Schleifpapier bearbeiten.

„Ich glaube, viele Menschen werden ganz froh darüber sein, wenn ich den miesen Bastard in seine Grube gelegt habe und er nicht mehr raus kann. Das wird als Beistand genügen müssen." Aldwyn war keine Arbeiter. Er brauchte mehrere Anläufe und Korrekturen, bis die Naht gesetzt war und kein Blatt mehr eine Fuge fand. Dann landete das Gerät krachend auf dem Erdboden. Die Männer setzten sich ächzend auf den Hintern, mit den Rücken an den Sarg gelehnt. Die letzten Schritte wurden besprochen.

„Ihr findet einen Arzt aus der Gosse, den Ihr bestecht und die Lügengeschichte unterjubelt, dass dieser den Kaiser selbst als tot befunden hätte. Todesursache: Altersschwäche. Den gesamten Papierkram lasst ihr mir durch einen Boten offiziell zukommen. Ich werde alles persönlich mit meinem Siegel beglaubigen. Dann wird im Rat sein Vermächtnis verlesen. Wenn unsere Namen mit einer Todesliste drauf sind, werde ich sie vor Ort durchstreichen. Ansonsten schweigen wir über alles Erlebte an diesem Ort zu dieser Stunde. Wer auch immer ihn auf dem Gewissen hat, kann sich heute Nacht als Held feiern lassen. Hand drauf?"

Tatsächlich zögerte der Kammerherr. Er hasste den vergangenen Imperator genauso wie jeder andere aus dem Hofrat, aber Mord blieb Mord. Doch am Ende siegte die Gewissheit, dass die eigene Haut unbeschadet blieb.

„Wir machen es so", sagte Hrodwic und schlug ein.

Aufgrund der Strapazen dieser Nacht vergaß Meister Godrin den Folianten und die gesamte Angelegenheit um die fehlende Seite. Hinterher erklärte er es sich so, dass er langsam alt wurde und selbst wichtige Details durch das Sieb seines Verstandes fielen. Er war wirklich bejahrt, zwar nicht so reich an Zahlen wie der verhasste Kaiser, aber betagt genug, um lange Zeit nicht mehr jung genannt zu werden.

# Kapitel 3

Die Beisetzung des verstorbenen Imperators und all die Rätsel darum kümmerten das Oberhaupt des Rates am folgenden Tag nur wenig. Er war zu sehr mit dem Verkünden des Ablebens beschäftigt. Was ihn aber während all seiner Arbeit im hohen Turm nicht losließ, war das Symbol der Läuterer, das er ausgerechnet vor kurzer Weile gezeichnet wiederentdeckt hatte. Vor gut zwanzig Jahren hatte diese gefährliche Gemeinschaft den langen Schatten des Schreckens auf die Hauptstadt geworfen. Über Nacht gekommen, war er auch fast über Nacht wieder verschwunden. Aber es hatte viele Opfer gegeben, nicht unter dem einfachen Volk, um das sich der Lordprotektor nur in Ausnahmefällen scherte, sondern unter den höchsten der Gesellschaft. Die meisten Morde waren in den frühen Stunden eines Winterjahres vor 22 Jahren geschehen.

Die Hausdiener der höchsten Beamten, Würdenträger, und etliche Tech-Priester hatten sich, aus bis heute unerklärlichen Gründen, untereinander verschworen und ihre Herren ermordet. Dabei war es nicht geblieben; auch Familienmitglieder der Todgeweihten wie Ehefrauen, Brüder, Väter und Mütter waren nicht verschont worden, wenn das erste Ziel sich nicht in greifbare Nähe befand.

Aldwyn hatte Cahella, seine Ehefrau, auf diese Weise verloren. Im Rat stapelte sich die Arbeit nur zu gerne, und die rechte Hand des früheren Lordprotektors hatte sich an jenem schicksalsschweren Datum um einen halben Tag verspätet. Zu grausam und doch gleichzeitig harmlos war der Anblick von Aldwyns Gattin gewesen, die in einem luftigen Abendkleid vor ihrem Frisiertisch saß, angelehnt an einem hohen Stuhl. Gegen Mittag hatte er sie im heimischen Schlafzimmer erblickt und nichts Böses geahnt, bis er mit einem zweiten Blick die lange Nadel erblickte, die hinter dem Ohr tief im Schädel steckte.

Mit perfider Heimlichkeit und Stichwerkzeugen hatten die Läuterer in einer Gelegenheit hunderte wichtiger Persönlichkeiten auf einmal gemeuchelt. Hunderte weitere hatten sie den Grund genommen, mit guter Laune gestimmt, morgens aufzuwachen. Die Einsamkeit schmerzte Aldwyn, seine Rachsucht hatte es nur wenig besser gemacht. Den verantwortlichen Hausdiener hatte der Schutzherr selbst erschossen. Seine Diener und die wenigen Leibwächter anschließend nur nach härtester Prüfung ausgewählt. Aufs brutalste hatte der Staat jeden einzelnen Mörder und Hintermann ermittelt. Mit Folter hatten sie alle geredet.

Die loyalen Tech-Priester hatten für jedes Problem immer die passenden Instrumente entworfen, auch in dieser Angelegenheit, um ihre eigenen Leute zu quälen und zum Reden zu bewegen.

Zu guter Letzt hatte man sogar ihren Anführer gestellt, eine Edelfrau, die zurückgezogen ein Leben in der Hauptstadt aufgegeben hatte. Der jetzige Lordprotektor hatte ihr gesamtes Haus und jedes lebende Mitglied ihrer Familie mit allen Dienern, Laufburschen und Mägden hinrichten lassen. Die Beweggründe der Läuterer blieben bis zum heutigen Tag in Verborgenheit. Ihre Anführerin hatte laut Erkenntnisse der Folterknechte und der eigenen Hand des Lordprotektors durch viel Gehirnwäsche und Hypnose die potenziellen Mörder auf ihr Werk abgerichtet.

Warum die Dame hohen Standes ihr eigenes Leben für diesen harten Anschlag riskiert hatte, blieb ebenso unklar. Aber jeder Mörder hatte die geschlossenen Augen an Wände, auf Tische oder Böden gezeichnet. 22 Jahre später holte diese Zeichnung Aldwyn wieder ein.

Man munkelte davon, dass die Läuterer einen Gott huldigten, dessen Wirken die kaiserlichen Seher vor Jahrhunderten entdeckt hätten. Dieser Glaubenssatz alleine stellte eine enorme Straftat dar, denn das Reich der Radajur duldete nur die Verehrung der goldenen Mutter. Sie war es schließlich gewesen, die die Welt in ihrer jungen Phase von einer Wüstenregion in eine fruchtbare verwandelt hatte. Denn in ihren Fußstapfen erblühten Nutz- und Zierpflanzen, Wildes gedieh, und die Menschen und Radajur, die nach der Mutter kamen, hatten Nahrung erhalten. Das Großreich benötigte keine weiteren Gottheiten. Aber was hatte der Kaiser gewusst und welches Wissen mit ins Grab genommen?

# Kapitel 4

Als die einwöchige Staatstrauer verkündet wurde, begab sich Aldwyn auf sein Landgut, das er ganz in nostalgischer Trauer versunken nach seiner verstorbenen Frau benannt hatte: Cahellas Landstück. Der Umstand hinderte Aldwyn aber nicht, sich die folgenden Nächte abwechselnd mit verschiedenen Konkubinen zu vergnügen, während in der Hauptstadt sämtliche Bordelle und Amüsierviertel schließen mussten.

An einem frühen Morgen begab sich der Lordprotektor, nur in einem langen Unterhemd und Sandalen bekleidet, auf einen kurzen Spaziergang auf einen seiner Weinhügel. Die Kälte scherte ihn vorübergehend nicht; sie ließ ihn fühlen, dass er noch lebte. Von dort aus hatte man eine privilegierte Ansicht auf Drundeas Anstieg. Der Anblick war wie immer überwältigend.

Vor gut 300 Jahren hatten die gelehrten Priester des Kaisers, noch bevor man sie Tech-Priester nannte, mit ihrer Zauberkraft und der Hilfe von Maschinen die von Dürre geplagte Insel Atallus aus den schwarzen Gewässern gehievt, bis sie hunderte Luftkoten in die Höhe ragte. Die Priester hatten damit ein Zeichen gesetzt, nämlich dass sie in Gänze über die gleichen Kräfte verfügten wie die Radajur selbst. Allgemeinhin rechnete man mit der Gründung der neuen Hauptstadt, die nach der ersten Tochter des damaligen Kaisers benannt wurde, mit dem Beginn der Neuzeit.

Dass diese Anhebung des Untergrundes eigentlich nur mit Nachteilen verbunden war, darüber sprach niemand offen. Jedes Transportmittel musste umständlich mit Maschinen auf die passende Höhe gebracht werden, scharfe Winde plagten die Gebäude und Passanten, und nicht selten gab es Berichte über Stürze; bei schlechten Sichtverhältnissen fielen die Menschen in den Fluss unterhalb des Randes.

Dennoch dachte auch Aldwyn daran, dass dieses Symbol zeigte, wie weit die Menschheit gekommen war und wie sehr es ihr nach Schutz verlangte.

Der Lordprotektor rieb sich seine unterkühlten Hände; er wünschte sich heißen Tee und ein überladenes Frühstück.

# Kapitel 5

Der folgende Morgen barg eine böse Überraschung. Der Besitzer des edlen Landgutes war daran gewöhnt, dass ein Diener ihn sanft weckte, sobald die ersten Sonnenstrahlen das große Schlafzimmerfenster fluteten. Doch dem Schlummernden wurde in einem Ruck die Decke weggerissen. "Lordprotektor Aldwyn Godrin, erhebt Euch und folgt mir!", kam es im Befehlston vom Fußende des Bettes. Verschlafen murmelte Godrin üble Verwünschungen, doch die Bitte wurde nicht wiederholt.

Ein Nekroschocker wurde eingesetzt, eine Stoßwaffe, die knüppelförmig nur den Betroffenen anstupsen musste, um sich zu entladen, ein gewaltiger Schmerz durchflutete Aldwyns gesamten Körper ruckartig und brachial. Die Sicherheitskräfte der Hauptstadt benutzten dieses Werkzeug, um für Ruhe und Ordnung bei Massenveranstaltungen zu sorgen, und die Opfer besagten, dass sie sich noch nach dem Gebrauch über Stunden, manchmal auch für Tage schwächlich und matt fühlten.

Godrin stand im Bett, Schweiß tropfte von seiner Stirn, sein Herz raste unkontrolliert schnell in der Brust. Viel zu spät bemerkte er, dass keiner aus dem Haushalt ihn aufgeschreckt hatte. Ihm gegenüber stand ein Mann oder eine Frau in einem dunkelblauen Samtmantel, schwarzen Schuhen und schwarzen Handschuhen, die Vermummung abrundend. Als Verdeckung des Kopfes wurde einerseits eine Kapuze benutzt, andererseits ein ominöses Gerät, das die kaiserliche Priesterschaft entwickelt hatte und in der Öffentlichkeit einsetzte, ein sogenannter Gesichtsverzehrer. Eine kleine, seltsame Apparatur, die man mit einem Band an seinem Hals befestigte. Eingeschaltet wurde der Blick, der auf das Gesicht fiel, derart getrübt, dass man keine Züge mehr ausmachen konnte. Sämtliche körperlichen Merkmale vom Kinn bis zum Haarschopf waren verschwommen.

Doch der Lordprotektor versuchte, seine Gedanken zu ordnen, sein Verstand musste ihn aus dieser misslichen Lage wieder herausführen. "Ihr seid ein Tech-Priester, wie ich sehe, der Stimme nach, ein männliches Mitglied.

Euer unerlaubtes Erscheinen ist in meinem Haus nicht gestattet. Ihr werdet sofort die Waffe niederlegen, bevor ich meine Gardewache rufe!"

"Es befindet sich niemand mehr in diesem Haus, der Euch beschützen kann. Folgt mir oder Ihr werdet Euch bald mit Krämpfen auf dem Boden winden", erwiderte der vermummte Fremdling gelassen.

"Wer seid Ihr? Wie könnt Ihr es wagen!", schrie der Lordprotektor vollkommen in Zorn versetzt. Sein gesamtes Leben über war man nicht mit ihm auf diese erniedrigende Weise umgesprungen.

Der Verhüllte machte sein Versprechen wahr, ein verspielter Stoß des Knüppels entlud seine volle Kraft auf den Körper des Mannes, der zwar Leid gewohnt war, aber keine methodische Folter. Nachdem Aldwyn die Kontrolle über seinen Körper verloren hatte und er in wilden Zuckungen über dem Parkettboden rollte, verging der Schmerz so rasch wie er gekommen war. Nur das Gefühl, Lebenskraft eingebüßt zu haben, blieb bestehen, aber Aldwyn war dankbar über jeden weiteren Atemzug ohne Schmerzen.

Ein Gesicht rückte dem Liegenden näher, durch das Trugbild verwaschener Gesichtszüge schaute die entmachtete Person auf ein Augenpaar, das steinhart, zu allem entschlossen auf den Gefolterten herabblickte. "Wollt Ihr nun aufstehen und meinen Anweisungen Folge leisten?"

# Kapitel 6

Der folgende Morgen barg eine böse Überraschung. Der Besitzer des edlen Landgutes war daran gewohnt, dass ein Diener ihn sanft weckte, sobald die ersten Sonnenstrahlen das große Schlafzimmerfenster fluteten. Doch dem Schlummernden wurde in einem Ruck die Decke weggerissen. „Lordprotektor Aldwyn Godrin, erhebt Euch und folgt mir!", kam es im Befehlston vom Fußende des Bettes. Verschlafen murmelte Godrin üble Verwünschungen, doch die Bitte wurde nicht wiederholt. Ein Nekroschocker wurde eingesetzt, eine Stoßwaffe, die knüppelförmig nur den Betroffenen anstupsen musste, um sich zu entladen. Ein gewaltiger Schmerz durchflutete Aldwyns gesamten Körper ruckartig und brachial. Die Sicherheitskräfte der Hauptstadt benutzten dieses Werkzeug, um für Ruhe und Ordnung bei Massenveranstaltungen zu sorgen, und die

Opfer besagten, dass sie sich noch nach dem Gebrauch über Stunden, manchmal auch für Tage, schwächlich und matt fühlten.

Godrin stand im Bett, Schweiß tropfte von seiner Stirn, sein Herz raste unkontrolliert schnell in der Brust. Viel zu spät bemerkte er, dass keiner aus dem Haushalt ihn aufgeschreckt hatte. Ihm gegenüber stand eine Person in einem dunkelblauen Samtmantel, schwarzen Schuhen und schwarzen Handschuhen, die Vermummung abrundend. Als Verdeckung des Kopfes diente einerseits eine Kapuze, andererseits ein ominöses Gerät, das die kaiserliche Priesterschaft entwickelt hatte und in der Öffentlichkeit einsetzte: ein sogenannter Gesichtsverzehrer. Sämtliche körperlichen Merkmale vom Kinn bis zum Haarschopf waren verschwommen, doch der Lordprotektor versuchte, seine Gedanken zu ordnen.

„Ihr seid ein Tech-Priester, wie ich sehe, der Stimme nach ein männliches Mitglied. Euer unerlaubtes Erscheinen ist in meinem Haus nicht gestattet. Ihr werdet sofort die Waffe niederlegen, bevor ich meine Gardewache rufe!"
„Es befindet sich niemand mehr in diesem Haus, der Euch beschützen kann. Folgt mir, oder Ihr werdet Euch bald mit Krämpfen auf

dem Boden winden", erwiderte der vermummte Fremdling gelassen.

Der Witwer auf seinem Landgut hätte geglaubt, sein Haus sei wie ausgestorben von den Vermummten übernommen worden, aber er lag falsch. Die Arbeiten des Personals wurden wie gewöhnlich verrichtet. Im Gewächshaus schnitt der Gärtner die Orangenbäume, mehrere Putzkräfte reinigten mit weichen Lappen und Wasser, ganz ohne Putzmittel, die Holzböden des ersten Stocks. Das Vieh wurde versorgt. Aldwyn wusste das, denn er würde gleich die Rundtreppe zur Küche nehmen. Von weiter unten hörte man geschäftiges Treiben, ein Kessel polterte, Wasser für Tee wurde aufgesetzt.

Doch dann passierte etwas Seltsames, das der Verschleppte beobachtete. Martin, der Butler, seit Jahrzehnten ein hervorragender Diener, rempelte seinen Herrn ungeschickt an und rannte voller Panik und ohne Hose, nur mit einem weiten Leinenhemd und Socken bekleidet, den frisch gewischten Gang entlang. Schließlich rutschte er aus und schlug sich den Hinterkopf stark an. Ein Verhüllter packte die Kehle des Gestürzten und presste den Kopf zurück zum Parkett, während die andere Hand eine lange Nadel ins weiche Fleisch der Kehle drückte.

Augenblicklich war jeder Moment der Gegenwehr wie ausgelöscht. Beschämt stand Martin auf und ging zurück in seine Dachkammer. „Was im Namen der goldenen Mutter geht in meinem Haus vor sich?", fragte Aldwyn eher sich selbst. Der Tech-Priester hinter ihm bat um ein wenig Geduld. In der Küche gab es Antworten auf jede Frage.

Begleitet von einem hämmernden Puls nahm der Gefangene die Wendeltreppe. Die Herablassung zehrte mehr als alles andere an ihm. Der Anblick der Großküche erinnerte den Lordprotektor an seine Kindheit, doch an diesem Tag verströmte der Anblick keine nostalgischen Gefühle. Eine Versammlung weiterer Mantelträger hatte sich kreisrund auf Stühlen dort niedergelassen, und die meisten Blicke im Raum richteten sich auf den alten Mann im Nachthemd, der auf einem Stuhl Platz nehmen sollte, ganz in der Nähe eines Schneidebrettes, auf dem ein Mädchen fleißig Kohl in Stücke schnitt. Ein Eintopf wurde vorbereitet.

Ihm gegenüber saß eine Person, deren leicht süßliches Parfum Aldwyns geübte Nase noch wahrnehmen konnte. Er fragte diese Person, was dieser Aufzug zu bedeuten habe, da er glaubte, die nächstsitzende Person habe hier das Sagen. „Ich grüße Euch. Ihr seid heute erschienen, um das Ende des Großreiches beizuwohnen", antwortete eine sanfte Frauenstimme, deren Klang Aldwyn derart bekannt vorkam, dass seine Zehennägel damit begannen, die nahen Fliesen abzuschaben.

„Erklärt mir das alles. Warum hat sich ein Teil der Priesterschaft bei mir versammelt? Warum werde ich misshandelt?" Schweigen war die Antwort der weiblichen Person. Die gewollte Demütigung erhöhte sich noch. Trotz des Gesichtsverzehrers entdeckte Aldwyn ein herablassend blickendes Augenpaar. Kalte, blaue Augen verfinsterten sich ihm gegenüber.

„Ich muss Euch mitteilen, dass ich der Lordprotektor des Hofrates bin, das höchste Mitglied dessen, und ich stehe hier auf meinem Gut unter dem Schutz des Ordinus Equis Noctis. Ritter, die dem Magister unterstehen, schauen jeden Abend nach dem Rechten. Wenn Ihr hier seid, um mich zu bestehlen, dann solltet ihr dies schnell zu Ende bringen, bevor jeder von Euch die Härte des Gesetzes zu spüren bekommt." Die Anführerin des Überfallkommandos lächelte verschmitzt.

„Ihr seid nicht gewohnt zuzuhören. Ihr, Lordprotektor Aldwyn Godrin, werdet heute

Abend nicht mit dem Magister Serpitus einen Sherry auf euer gegenseitiges Wohl trinken. Keiner der Ordensmänner wird seinen Fuß auf euren Grund setzen."

„Wie könnt Ihr Euch in dieser Arroganz nur so sicher sein?", fragte der Lordprotektor trotz seiner Angst, in aufkeimender Wut versetzt. „Weil Ihr Zeuge des Untergangs des Großreiches werdet. Diese Herren hinter mir sind Angehörige der vorderen Ränge der Tech-Priester des Kaisers, die fähige Elite der höchsten unserer Gesellschaft. Aber dies hier ist nicht einfach nur ein Putsch. Wir stürzen das Reich und lassen es rasch ausbluten und in seiner Gänze sterben."

Vor Wut biss sich Aldwyn auf die Zunge. Er schmeckte einige bittere Blutstropfen und fragte knurrend, wer diese unangenehme Person sei, die ihn so schamlos herausforderte. Eine schlanke Frauenhand griff zum Kinn, zum tragbaren Gerät, das die Gesichtszüge verschleierte, dann gelangte sie zum Nacken und löste den Riemen, der das Halsband hielt. Mit dem Lösen des Bandes verschwand der Zauber. Die junge Frau zog ihre Kapuze zurück, und wallendes blondes Haar wurde freigelegt.

„Ihr seht aus wie Oswinda Withnail, aber das kann nicht sein. Das ist unmöglich." Oswinda wog eine weiche Haarsträhne zwischen ihren Fingern ab. „Ihr sagtet mir einst, dass ihr mein hübsches Haar persönlich abschneiden und meinen hübschen Schädel komplett kahlscheren wolltet. Ihr habt dieses Verbrechen wahrgemacht und zahllose andere, bis ich tot war."

„Ihr seid tot. Ihr und alle anderen Läuterer", murmelte Aldwyn bestürzt und ungläubig. „Ihr habt damals wirklich alle getötet. Aber die Tech-Priester sind schlau. Ein Stich ihrer Nadeln bewirkte, dass sie ihre eigene Mitschuld vergaßen. Ich musste erst zurückkehren und sie an ihre Verantwortung erinnern."

Eine Frage stand unausgesprochen im Raum: Wie war Oswinda Withnail zurückgekehrt? „Der Hüter meiner Familie war es. Er hat meine Asche zusammengefügt, meine Erinnerung und meine Persönlichkeit aus den Schatten geholt und mich geweckt. Es war wahrscheinlich genauso schmerzhaft und erschreckend wie Euer Erwachen heute."

Aldwyn schluckte schwer, sein Mund fühlte sich trocken an. Man bot ihm ein Glas Wasser an, aber der stolze Hausherr lehnte entschieden ab.

"Wenn das stimmt, was ihr sagt, wie konnte es dann sein, dass eine Person, die ich mit eigenen Händen zu Tode brachte, verbrannte und deren Asche ich in den Fluss kippte, mir heute gegenübersitzt?" Oswinda lächelte ihren Mörder umso freundlicher an. "Der Plan muss vollendet werden. Was ich damals entwarf, war noch nicht reif. Ich musste erst durch Eure Hände geläutert werden und von dem Hüter meiner Familie wiederbelebt werden. Seinen Auserwählten unterweist er diese Ehre, sie von neuem zu beleben, damit sie das zu Ende bringen können, was von ihnen verlangt wird. Ihr werdet es verstehen, aber erst einmal zeigen wir alle unsere Gesichter!"

Was hatte Aldwyn unter der Verhüllung erwartet? Vielleicht Nahestehende, Freunde, Familienmitglieder? Ein so hohes Amtsmitglied in der obersten Schaltzentrale der Macht kannte keine Freunde, höchstens Gleichgesinnte. Familie besaß Aldwyn nicht mehr. Deswegen blieb das einzige bekannte Gesicht unter den ausgeschalteten Verzehrern das von Hrodwic. Die anderen waren ihm aber nicht völlig unbekannt. Oswinda hatte nicht gelogen: Sämtliche Mitglieder der vorderen Ränge der Priester waren anwesend.

"Wozu dieses lächerliche Schauspiel? Wieso habt Ihr den Kaiser getötet und wieso sollten wir ihn beerdigen?", fragte Aldwyn in die Runde hinein. Ohne Scham antwortete nun der Kammerherr, dass man die letzte Gefahr in Person beseitigt hatte. "Außerdem wollte ich wissen, ob das höchste Regierungsmitglied am Hof auch nur eine Spur davon ahnte, was sich hinter den Kulissen ereignete", gestand Hrodwic in nüchternem Tonfall.

"Und ich habe Euch bei dem Verwischen der Spuren auch noch geholfen", klang Aldwyn schuldbewusst. Und in einem Atemzug fragte sich der gealterte Regierungsbeamte, ob das alles überhaupt real war, doch die Verzerrung der Realität hatte erst begonnen.

Oswinda, die Tote, die wieder zu den Lebenden zurückgekehrt war, forderte die versammelte Bruderschaft dazu auf, ihre Taschen zu leeren. Fünf rautenförmige Glasscherben, deren Ränder in Metall eingefasst waren, wurden behutsam auf die Tischfläche gelegt. Es handelte sich um technische Werkzeuge, deren Bauart von den Radajur überliefert waren, sogenannte Sprungscherben. Mit diesen konnte ein fähiger Navigator einen Riss im Raum erzeugen, um ein gutes Stück Strecke zu überwinden.

Die Sprungscherben wurden auf den Rand der Tischplatte gelegt. Oswindas allzu freundliches Gesicht rückte weiter zu dem verängstigten alten Mann vor, der über Nacht die Welt nicht mehr verstand.

"Wir brauchen die geheimen Luftraumkarten, die den Abschnitt über der Hauptstadt abbilden. Nur Ihr selbst besitzt in der Nähe zur Hauptstadt die Kopien, und sie liegen in Eurem Geheimbüro. Das letzte gut gehütete Geheimnis, das Ihr bisher behalten habt, möchten wir gerne lüften."

„Wieso wollen die Verbündeten des Kaisers, die ihm über drei Jahrtausende dienten, ausgerechnet den Sturz des Reiches bewirken?", fragte Aldwyn, seine Stimme von Unglauben und Entsetzen gezeichnet. Er meinte die Führungsriege der Priester, die tatsächlich die arkane und technische Entwicklung des Staates über einen langen Zeitraum vorangebracht hatten.

„Weil das Ende kommen muss. Es wird verlangt", antwortete Oswinda ruhig, ihr Blick fest auf Aldwyn gerichtet. „Der Blinde Hüter wünscht, dass unsere Welt in der Schwärze der Nacht fällt. Der verstorbene Kaiser erkannte, dass wir nur eine von vielen Welten sind, die sich verfinstert haben. Wie können wir den

Wunsch einer Entität widersprechen, die nicht nur Gott in einer Welt ist, sondern in vielen anderen ebenso?"

„Ihr redet Unsinn. Ich weiß nicht, was Ihr bezweckt und warum die Diener des Kaisers auf Eurer Seite sind, aber meine Unterlagen stehen Euch nicht zur Verfügung!", entgegnete Aldwyn entschieden. Er bemerkte, dass er selbst unter Folter schweigen würde, was von seiner Seite natürlich einen Widerspruch darstellte, denn gerade der Lordprotektor wusste genau, dass jedes Wesen unter der Folter gebrochen werden konnte, würde man sie nur richtig anwenden.

Aber Oswinda lächelte nur trocken. „Ich werde keine Hand an Euch legen, noch nicht. Ihr werdet mit eigenen Augen sehen, dass Euch Widerstand nicht nützen wird. Selbst wenn Ihr die Karten vor meinen Augen verbrennen würdet, so würde sich das Unvermeidbare nur für einige Jahre verzögern. Kommt heraus, auf die Weinberge, dann zeige ich Euch das Wirken meiner Verbündeten."

Strikte Angst war der Müdigkeit gewichen. Aldwyn fühlte sich alt und schutzlos. Er gehorchte den Anweisungen von Oswinda und wich einer Putzhilfe aus, die auf den Knien den Fliesenboden scheuerte, ganz so, als wäre dies ein normaler Arbeitstag und nicht das versprochene Ende der Welt.

Sie gingen gemeinsam nur wenige Schritte, folgten einer Erhöhung und nahmen Stufen, die aus versenkten Steinplatten bestanden. Oswinda lächelte weiter fröhlich drein, während die gesamte Lage dem Gutsbesitzer äußerst befremdlich vorkam.

Nun streckte die Wiedererweckte den Arm aus und deutete auf die schwebende Hauptstadt, gut zweihundert radajurische Knoten über dem schwarzen See. „Seht Ihr dort den roten östlichen Turm? Diese wichtige technische Einrichtung überragt viele seiner umliegenden Gebäude im abgesperrten Distrikt."

Natürlich kannte Aldwyn das Gebäude bestens. „Die Gravitationswandler, Ihr wollt sie angreifen? Damit macht Ihr persönlich Euch den Tod von hunderttausend Bürgern verantwortlich."

„Millionen weitere werden folgen. Aber wir greifen nichts an. Im roten Turm befinden sich ungefähr hundertfünfzig Fässer mit Schwarzpulver und genau in diesem Moment…" Eine weit entfernte Explosion war zu vernehmen, gefolgt von einem Zischen und einer Verwehung, die sogar die Mauern des Landgutes überwand und Aldwyn ins Gesicht blies.

Diese Erschütterung war aber nur das To-
desseufzen vor der eigentlichen Vernichtung.
Ohne die technisch-arkane Einrichtung hielt
die Klippen nichts mehr unter den Wolken.
Der Sturz an sich war gewaltig. Gebäude und
Gestein, gebunden durch Stahlschienen und ei-
serne Streben, zerbarsten auf dem Untergrund.
Der aufgewirbelte Staub stieg als Wolke hoch
und senkte sich wie ein gigantisches Leichen-
tuch auf das Umland. Bald waren Aldwyns
Weinberge und er selbst von weißem Staub be-
deckt, erinnerte den Beobachter an den ersten
Schneefall im Neujahr.

Währenddessen ging die Arbeit der Hausan-
gestellten friedvoll weiter. Oswinda nahm den
gebrochenen Mann an die Hand und zog ihn
zurück in die Küche. „Das war nur der Anfang,
nichts weiter."

# Kapitel 7

Zurück im Haus, setzte sich ein gebückter, sichtbar gealterter Mann auf einen Stuhl, vergrub seine Hände vors Gesicht und ließ der Verzweiflung freien Lauf. Es dauerte, bis die eingebildeten Schreie einer vielfachen Menge verstummten. Viele Menschen waren eben verstorben. Ansonsten blieb alles unverändert: Die Sprungscherben lagen noch auf dem Küchentisch, und die Kuttenträger schauten weiterhin ernst in die Leere, während sie darauf warteten, die Navigationskarten zu erhalten.

Ohne seine Stimme zu erheben, deutete Aldwyns zuckender Fuß in eine besondere Richtung am Ende des Raums, auf eine Tür, die in den Keller führte. „Kommt, kleiner Wicht, wir bringen es jetzt zu Ende." „Was immer Ihr wünscht", wollte Aldwyn zynisch klingen, doch seine Stimme war rau, fast krächzend. Die Zeit der Gegenwehr war längst vorüber.

Oswindas Schritte führten sie zu einem unscheinbaren Werkzeugkeller. Als Letzter erschien Hrodwic, der Kammerherr des letzten Kaisers, dessen Palast im wahrsten Sinne des Wortes in Trümmer und zu Staub zerfallen war. Mit zitternder Hand deutete Godrin auf eine Holzwand. Gerade als er dank des letzten Aufbäumens seines Mutes sich weigern wollte, den Geheimmechanismus preiszugeben, nahm Hrodwic einen Vorschlaghammer und schuf ein mannshohes Loch in der Wand.

„Alter Junge, Aldwyn! Sieh nur, das ist wirklich kein originell gewählter Ort, um die letzten Stücke des Großreiches zu verstecken", beschwerte er sich spaßig. Kraftlos setzte sich der Gebrochene an einen einfachen Tisch. Neben ihm standen zwei große Aktenschränke, Papiere stapelten sich auf einer Ablage. Der Ort war spartanisch, ein Ort der Arbeit, der selbst in den Nächten nach Jagdausflügen oder an verlängerten Ruhetagen nicht warten durfte.

Hrodwic lächelte böse. „Ihr seid selbst schuld, wenn ihr nicht Eure Leibgarde zu Euch bestellt. Aber, ich glaube, selbst zwei oder drei dieser üblichen Gesellen wären für uns keine Gefahr gewesen." Oswinda fand schnell die gesuchten Navigationskarten.

„Sehr schön, dann macht damit, was Ihr nicht lassen könnt", murmelte Aldwyn.

„Wieso wollt Ihr und Euresgleichen uns alle umbringen?" In den Augen Oswindas tanzte wahre Freude, als sie vom Hüter ihrer Familie sprach, jemandem, der ihre Verwandten seit unzähligen Generationen beriet. „Zu Letzt, bevor ich Euch töten werde, werdet Ihr seiner Stimme lauschen", versprach Oswinda, und Aldwyns Augenlider begannen nervös zu zucken.

# Kapitel 8

Vereint studierten die schriftkundigen Kleriker das Blatt und tippten auf den Scherben die Navigationsdaten ein. Ein Mann des Glaubens übernahm jeweils eine Scherbe. Der bedrohte Aldwyn sah mit Abstand und Abscheu zu, seinem verdrießlichen Gesicht nach zu urteilen, fragte er nach dem Grund all dessen, war jedoch zu stolz, um nach Wissen zu betteln. „Eine Scherbe überbrückt ungefähr zehntausend Luftknoten. Ein Riss wird am Startpunkt erzeugt, ein weiterer Riss an dessen Ende. Soweit weiß jedes Kind, was diese Instrumente bezwecken", erklärte Oswinda offen.

Es arbeitete in Godrins Verstand. Fünf Scherben – was hieß das nur? „Ihr wollt die Scherben zusammenschalten? Damit käme man mindestens einmal um die Welt." „Sicher, einmal um die Welt. Aber um diese Zivilisation zu stürzen, die zwar am Abgrund taumelt, bedarf es einer Reise zu einem anderen Gestirn."

Der Lordprotektor, der nur noch pro forma über seinen Titel verfügte, musste lachen. Dieser Gedanke amüsierte sein wundgescheuertes Herz. „Ihr wollt zum roten Sidus? Glaubt Ihr wirklich, wir wären so hinterwäldlerisch? Das Kaiserreich hat bereits vor fünfzig Jahren einen Plan geschaffen, um den Mond zu erforschen. Aber das Testschiff, das wir bauten, hat es gerade so wieder mit toter Mannschaft zurückgeschafft. Die Luft unseres Brudergestirns ist giftig. Was bezweckt ihr nur?"

Oswinda schaute ernst zurück. „Unser aller Auftrag ist der Sturz des Planeten, dessen geschichtlicher Lauf dem blinden Hüter nicht gefällt. Ja, wir werden einen Sprung von 45.000 Knoten wagen. Aber wie kommt Ihr darauf, dass wir den roten Bruder besuchen wollen? Wir öffnen eine Verbindung, damit jene Wesen einen Weg zu uns finden, die ihn bewohnen."

Oswinda erzählte, dass sie nachts die Stimme des namenlosen blinden Gottes hörte, der ihr von Schlangenwesen und fliegenden Ungeheuern erzählte – den Bewohnern des Sidus. Die Lungen dieser Schlangen konnten Sauerstoff, aber auch die vergiftete Luft ihrer Heimatwelt befüllen.

Die verbliebenen Schlachtenkreuzer des Reiches würden durch Horden dieser fliegenden, schwingenlosen Monster auf null dezimiert werden, ganz so wie es der Namenlose Hüter wünschte.

Der alte Mann wünschte sich jetzt doch ein Glas Wasser und bekam es auch von Hrodwic selbst. Er wusste nicht, ob er diesen Unsinn glauben sollte, doch gab es bisher auch keinen Grund, an den Wahrheitsgehalt von Oswindas Annahmen zu zweifeln.

Nachdem die Scherben programmiert und die Daten durch mehrfaches Ablesen der Datensätze überprüft wurden, verließen fünf Priester mit den Spiegelsplittern das Gebäude. Jeder der Kuttenträger musste nur seine Arme heben, damit eine Scherbe zum Himmel schwebte. Nachdem sich ein flammengeäderter Riss in der Luft öffnete, durchflog die zweite Scherbe den Raumriss der ersten. Das Schauspiel wiederholte sich, bis ein einziger großer Abschnitt geteilter Luftmassen entstand, der wirkte, als wäre er durch den Schwerthieb eines Gottes entstanden. Man sah auf einen Stück Himmel, der sich mit grünen Dampfschwaden füllte.

Nach der Vollendung des letzten Aktes begannen die Kleriker, die draußen verblieben

waren, zu husten und zu keuchen. Bald darauf
sanken sie tot ins Gras. Die Dämpfe des roten
Mondes allein brachten den Tod, dem sich bald
die Gartenarbeiter, die Rosenbüsche stutzten,
wortlos und klaglos anschlossen.

# Kapitel 9

„Habt Ihr noch einen letzten Wunsch?", fragte die Anführerin den machtlosen Regierungsbeamten, als sie die Fenster und die Türen verschloss, damit die tödlichen Dämpfe nicht augenblicklich hineindrangen. „Ja, lasst mich am Altar der goldenen Mutter beten, damit ich als bekehrter Sünder in den Staub geschickt werde." „Wenn Ihr wirklich glaubt, dass Gebete Euch helfen werden, sei der Wunsch gewährt. Ich habe noch zwei Geschenke für Euch, bevor ich Euch persönlich ein Messer in den Bauch rammen werde." Die Drohung eines gewalttätigen Todes sorgte dafür, dass aus Aldwyns Körper jegliche Wärme wich, aber innerlich hatte er seit dem Erwachen mit dem Schlimmsten gerechnet. „Gut, ich will sie zwar nicht haben, aber ablehnen darf ich wohl nicht." „Nein, das dürft Ihr nicht", bestätigte Oswinda den Verdacht.

# Kapitel 10

Der Kapellraum war sogar noch schlichter eingerichtet als das verwüstete Büro. Im Inneren des nach Schimmel riechenden Raums befand sich nur das Abbild der Mutter, in diesem Fall von echten Goldblättchen beklebt. Auf öffentlichen Plätzen wurde das Edelmetall durch billigere Alternativen ausgetauscht. Hrodwic hielt Wache, als der Büßer das Abbild anschrie und bis auf die letzte seiner Tränen in Angesicht der Schuld und Unfähigkeit vergoss. Er hatte viele Grausamkeiten in der Vergangenheit begangen, aber das Schlimmste, wofür er sich schuldig machte, war die schlichte Wahrheit, dieses Unheil nicht verhindert zu haben.

Als er fertig mit Beten, Schimpfen und Weinen war, richtete er sein Nachthemd und klopfte an die Tür, um anzugeben, dass er fertig sei. Ihm wurde geöffnet, und die Geschenke in seinem Schlafzimmer wurden präsentiert:

eine Spiegelscherbe und ein Bündel herausgerissener Seiten. Bei der Sprungscherbe gestand Oswinda, dass diese einst im Besitz ihres Vaters und vieler Vorväter gewesen sei. Ein ehemaliges Familienoberhaupt hatte laut Überlieferung die Daten der Eingabe erträumt. Oswindas Vater hatte ganze Nächte mit heiseren Unterredungen auf einer Dachkammer alleine verbracht. Nachdem sich der Vater nach einer langen Weile des Rückzugs auf eine Dachkammer erhängt hatte, ging die Sprungscherbe in den Besitz der Tochter über, der einzigen Erbin dieses bedeutungslosen Hauses.

Die lebenslustige junge Frau hatte die Scherbe lange in einer Schreibtischschublade verwahrt gelassen. Eigentlich durften Bürger in Zivil keine Scherben erhalten, und vor allem nicht solche, die laut Oswindas Bekundung mehr als 10.000 radajurischen Luftknoten überbrückten – weitaus mehr. Bei der Macht der Göttin, der sorgenden Mutter, reichte diese Scherbe von einem Winkel zum anderen Winkel des bekannten und unbekannten Raums, so besagte es jener, der mit Oswinda gesprochen hatte. Er nannte sich selbst der blinde Hüter, der manchmal in einer Ebene aus Pech residierte; an anderen Orten verweilte er als ein gepeinigtes Etwas, mit Brandnarben übersät in einem Bad aus schmutzigem Wasser. Dort verrottete er mit großen, blinden Augen im Kopf und nahm Opfer, die zu ihm geworfen wurden, dankend an. Anderswo saß er auf einem Thron in einem sich stets wandelnden Schloss, in einer Stadt, die nur von unüberwindbaren Hecken abgeschirmt wurde, aber die abgeschnitten von allen Welten und Zugängen existierte, auf keinen Planeten beheimatet war, sondern nur auf einer arg begrenzten Fläche existierte, so groß wie diese verlorene Stadt mit Sandstrand selbst.

Doch fern dieser Sphären war er nur ein schauderhaftes Wispern von unsterblichen und dennoch verblichenen Legenden, in denen er viele Namen trug, einige gütige und unendlich viele schreckliche. Ein über den gesamten Körper tätowierter Mann war der einzige Diener dieses gestürzten Gottes, der in so viele Welten geblickt hatte, dass eine Aufzählung die Tochter des erhängten Vaters schwindelig werden ließ. Das Schlimmste an diesen Erzählungen war, dass Aldwyn Auszüge davon von einem Seher auf den fehlenden Seiten des Buchs nachlesen konnte.

"So viele Welten sind bereits verloren, da der Blinde Mann, dieser stets zornige Gott, sie alle in die Nacht gestürzt hat. Hütet euch vor ihm und den sogenannten Läuterern, denn sie werden das Ende für Menschen und der Radajur bringen." Die Aufzeichnungen waren mehrere hundert Jahre alt. Der Lordprotektor legte sie weg. Er musste sich jetzt nur noch mit dem Spiegelfragment beschäftigen. Jetzt, da alles Erdenkliche verloren war, erwachte in dem alten Mann die Neugierde nach dunklen Wundern.

Er nahm das Fragment in beide Hände, die sich plötzlich unglaublich schwer anfühlten, als er sie vollkommen losgelöst von jedem Sinn der Vernunft nach oben streckte. „Warum nur habe ich das getan?", fragte sich der Todgeweihte selbst, als der Riss wie ein Gewitterblitz die Schrankwand vor dem großen Bett spaltete. Eine tiefe Finsternis tat sich auf, eine absolute Nacht, die selbst jene Wesen, die die Schwärze der Finsternis liebten, mit Unbehagen erfüllte. Mehrere Schritte trennten den Verurteilten von der Wand, in der die Umnachtung sich in alle Richtungen ausbreitete. Auf der rechten Seite des Zimmers befand sich die von außen abgeschlossene Schlafzimmertür. Dahinter hielt sich Oswinda mit einem Dolch auf, an dessen Griff ihr Familienwappen eingraviert worden war. Sie wartete nur auf ihre Gelegenheit, den letzten Mord zu begehen.

Oswinda lauschte an der Tür. Die ersten Begegnungen mit dem Urheber, der die Zerstörung ihrer Welt, ihrer gesamten Heimat und all der Menschen, die sie einst geliebt hatte, in Auftrag gab, waren die schlimmsten. Diese Begegnungen hatten die Adlige schreckliche Alpträume beschert und sie der Aufgabe nahegebracht. An einigen Nächten mochte sie es für möglich gehalten haben, dieselbe Entscheidung wie ihr Vater zu treffen. Plötzlich hämmerte es wild an der Tür, die zu Oswinda führte. Jemand schlug und trat mit voller körperlicher Härte gegen das Holz. Die Anführerin öffnete – was hatte sie vor dem Eintreten erwartet?

Die Scherbe war zerbrochen worden, von wem war fraglich. Trümmer von unterschiedlichen Möbelstücken lagen verteilt im Raum, es regnete feinste Stofffetzen einer Tagesdecke. Auf dem Boden wälzte sich der schwer Verletzte. Oswinda trat näher und beschaute ihren Feind, dessen Tod sie einst geschworen hatte. Der Mann litt Qualen, es blutete ihm durch die Haut, das Gewebe vom fliehenden Kinn bis zum dünnen Haarschopf schien sich aufzulösen. Das Schlimmste aber war der Umstand, dass man Aldwyn geblendet hatte, bis auf die Knochen seiner Augenhöhlen und noch tiefer hinein. Seine Augäpfel waren nicht mehr existent, sondern zu einer Flüssigkeit zerlaufen. Während das Sterben auf dem Land gerade erst begann, lag der Lordprotektor in seinen letzten Atemzügen. Doch zum Erstaunen der adligen wiedergeborenen Frau, die ihre Ziele erreicht hatte, redete der Sterbende in einem Fluss ungezügelter Worte, bis sein Herz Gnade fand und das letzte Hämmern des Organs verschwand: „Ich habe nichts gesehen, nichts gesehen, nur die Stimme gehört, tief und gleichzeitig kehlig, dazu das Pochen und Dröhnen eines Gehstocks, der wie ein Glockenschlag dröhnte. Er will nicht reden, er will sich nicht auf euren Wunsch hin zeigen, hat er gesagt, aber es ist vollbracht, ja vollbracht…" Die letzten Worte verstummten in gurgelnden Lauten, dann endlich schloss der letzte Lordprotektor des Radajur-Großreichs seine Augen.

Das Sterben hatte erst begonnen…

# Eine Welt voller Bücher

Unvergessliche Abenteuer
Faszinierende Charaktere
Neue Welten und Ideen

Bei Infinity Gaze endet
die Lesereise nie!

Jetzt entdecken unter:
**www.infinitygaze.com**